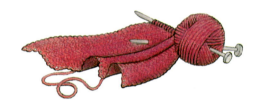

© 2003 Mijade,
16-18, rue de l'Ouvrage,
B-5000 Namur
Pour cette édition

Traduction française
de Claude Lauriot Prévost

© 1981 Éditions du Centurion (Paris)
pour la première édition française en album

© 1980 Jill Murphy
Titre original : Peace at last
Macmillan Children's Books

ISBN 2-87142-365-2
D/2003/3712/19

Imprimé en Belgique

Jill Murhy

Enfin la paix

Mijade

Pour Graham,
Caroline
et leurs enfants.

Il était tard.

Papa Ours était fatigué.
Maman Ours était fatiguée
et Bébé Ours aussi était fatigué…

… Alors, tout le monde au lit !

Maman Ours s'endormit aussitôt.
Mais Papa Ours ne trouvait pas le sommeil.

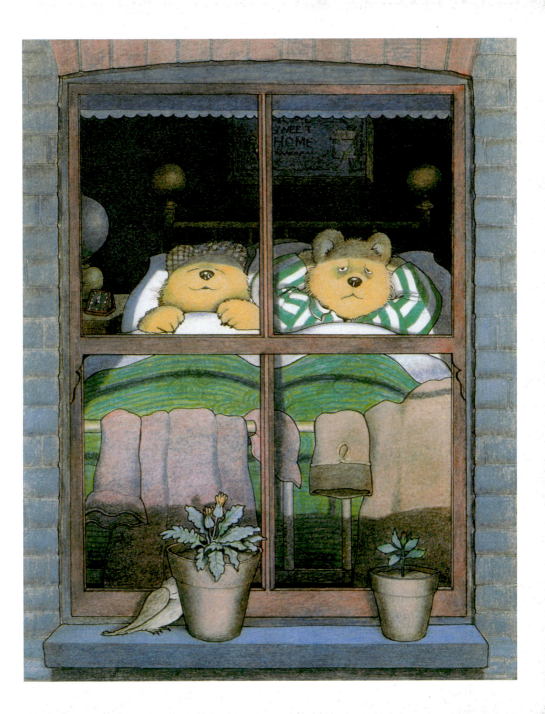

Maman Ours se mit à ronfler.
RRR, faisait Maman Ours.
RRR, RRR, RRR.
« Non, oh non ! » dit Papa Ours,
« je ne peux pas supporter ce bruit. »
Il se leva pour aller dormir
dans la chambre de Bébé Ours.

Mais Bébé Ours ne dormait pas.
Il se prenait pour un avion.
BROUM, faisait Bébé Ours.
BROUM, BROUM !
« Non, oh non ! » dit Papa Ours,
« je ne peux pas supporter ce bruit. »
Il se leva et décida de dormir au salon.

TIC-TAC, faisait la pendule,
TIC-TAC, TIC-TAC…
DING COUCOU! DING COUCOU!
« Non, oh non! » dit Papa Ours,
« je ne peux pas supporter ce bruit. »
Il se leva et s'installa dans la cuisine.

FLOC, FLOC, faisait le robinet.
BZZZZZZZZZZZZZ…
ronronnait le réfrigérateur.
«Non, oh non!» dit Papa Ours,
«je ne peux pas supporter ça!»
Et il sortit pour dormir dans le jardin.

Mais vous ne pouvez pas imaginer
ce qu'il y a comme bruits
dans un jardin la nuit.
HOU-HOU-HOU, faisait le hibou.
SNR-SNR-SNR, faisait le hérisson.
MIAOU MIAOU,
hurlaient les chats sur le mur.
« Non, oh non ! » dit Papa Ours,
« je ne peux plus supporter ces bruits. »
Et il s'installa dans sa voiture
pour essayer de dormir.

La voiture était glacée
et bien peu confortable,
mais Papa Ours était tellement fatigué
qu'il ne s'en rendit même pas compte.
Il commençait juste à s'endormir
quand les oiseaux se mirent à chanter
et le soleil à pointer.
TSI, PITT-PITT, sifflaient les oiseaux
dans la lumière du matin.
« Non, oh non ! » dit Papa Ours,
« je ne peux pas rester ici. »
Et il rentra dans la maison.

Dans la maison,
Bébé Ours avait fini par s'endormir;
Maman Ours s'était retournée
et ne ronflait plus.
Papa Ours se glissa dans son lit
et ferma les yeux.
«Enfin la paix!» se dit-il en lui-même.

DRRRING DRRRING, hurla le réveil.
DRRRRRRRRRRRRRING…
Maman Ours se dressa,
bâilla et se frotta les yeux.
« Bonjour, chéri », dit-elle, « as-tu bien dormi ? »
« Pas très bien », bredouilla Papa Ours.
« Ce n'est pas grave », dit Maman Ours.
« Je vais t'apporter une bonne tasse de thé. »

Et plus question de dormir!

Eric Langton Elementary School
21338 Edge Street
Maple Ridge, B.C.
V2X 8C8